¿CÓMO QUISIERAS SER?

POR

TEMI DÍAZ

ILUSTRADO POR

JOSE NAVARRO

DEDICATORIA:

Para mi familia, gracias por engendrar
los valores que hay en mí.

Esta es la historia de

ANDRÉS,

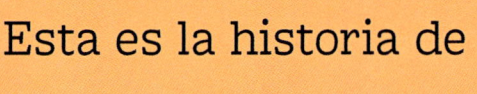

un niño bastante

curioso y con

muchas ganas

de aprender.

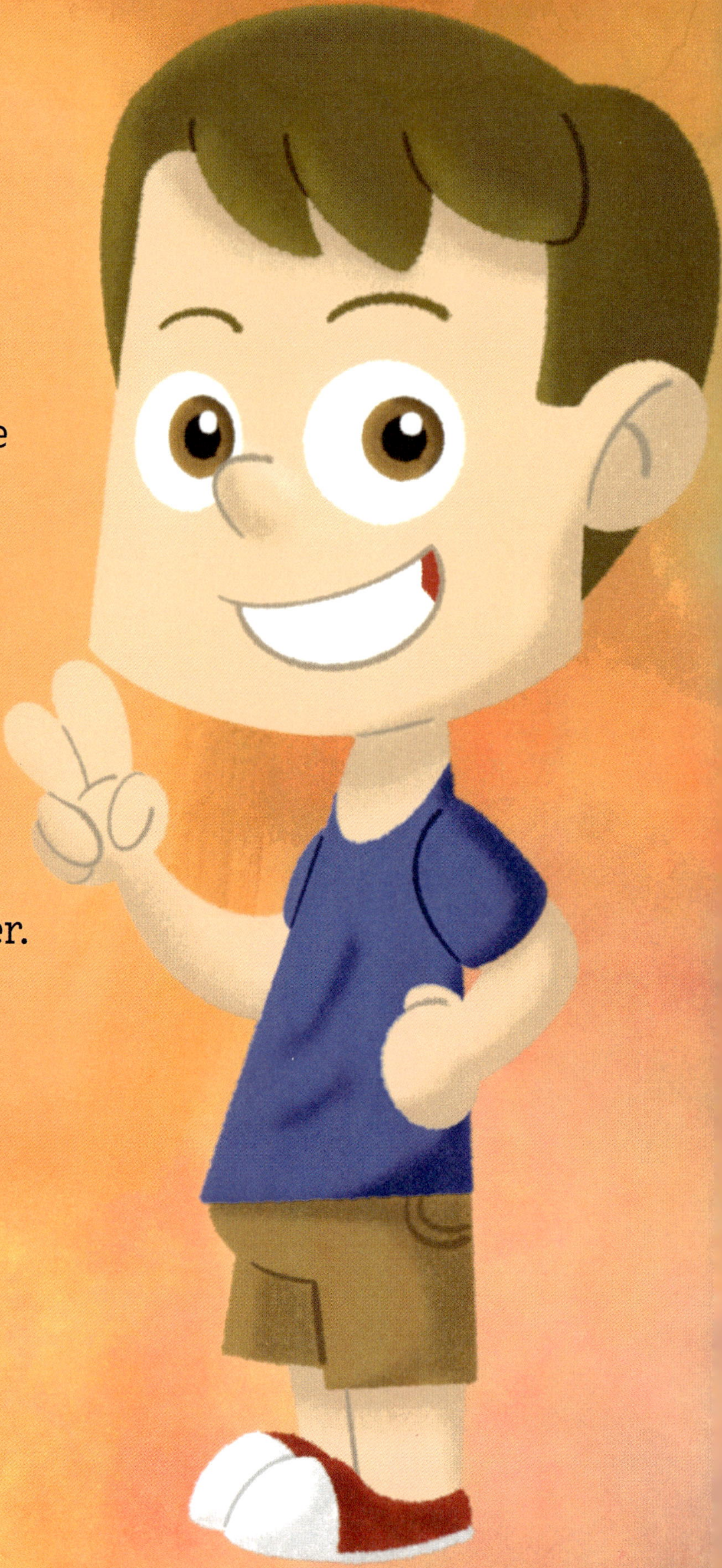

Un día especial, mientras estaba en el salón escolar, la maestra les preguntó a todos algo muy particular:

—¿Qué les gustaría ser de grandes?

Esta pregunta, puso la curiosidad de Andrés a

"¿Será posible saber cómo voy a ser de grande?"

Cuando salió de la escuela, en una banca de su casa, decidió intentar un experimento. Y con un lápiz y un papel empezó a anotar:

¡¡Quiero saber
como voy a ser
de Grande!!
¡¡Si existe una
máquina del tiempo
por favor aparece
YA!!

ESCRIBIÓ Y ESCRIBIÓ,
hasta que lo inexplicable sucedió.

Apareció un hombre de unos treinta años de edad. Andrés se asustó al verlo, por no saber quién era en realidad.

—Tranquilo, Andrés, no te asustes. —El hombre comentó.

—¿Qué? ¿Quién eres tú? —Andrés respondió.

—Yo soy tú y tú eres yo. —El hombre le sonrió—.
Viajar en el tiempo es algo normal de donde vengo yo.

El hombre se sentó a un lado de Andrés
y se vieron cara a cara.

Ahí, Andrés empezó a reconocer que
aquel hombre era él mismo, pero con
muchos años más.

—No te preocupes, no hay nada que temer. En el futuro, tendremos dinero para comprar todo lo que queramos tener —comentó orgullosamente el Andrés Grande—:

CARROS, MANSIONES, YATES, DE TODO...

A Andrés no le importó mucho lo que decía, pero entusiasmado por conocerse a sí mismo, lanzó una pregunta al aire:

—Entonces, ¿ya has cumplido todos nuestros sueños?

—¡Claro que sí! —contestó Andrés Grande.

Andrés, emocionado, le preguntó más:

—¿¡ HICISTE LA BANDA DE ROCK?!

—¿TE TIRASTE DE PARACAÍDAS?

—¿ESCALASTE UNA MONTAÑA?

—Por lo menos ...

¿YA ESCRIBISTE UN LIBRO?

Andrés no comprendía...

"¿Cómo de grande no había logrado nada de lo que él quería?"

Mirando al Andrés Grande, preguntó:

—¿Estás seguro de que tú eres yo?

Desesperado, Andrés Grande le contestó:

—Se me olvidaban las fantasías que teníamos a tu edad.

Déjame explicarte lo que es importante en la vida real:

RECONOCIMIENTO, **RESPETO**

Y DINERO.

Mientras el adulto
más hablaba, el niño
más se desilusionaba...

Y justo cuando Andrés estaba a punto de caer en una terrible desilusión, apareció un hombre viejo frente a los dos y se anunció a sí mismo como el Andrés Mayor.

—Vine a reparar el error que cometimos a los treinta años de edad. Ya que, a esa edad, nos alejamos de nuestros sueños y de nuestra verdad.

¡Más tristes no podíamos estar! —comentó Andrés Mayor—. La vida se trata de disfrutar y compartir.

SÍ ¡HICIMOS LA BANDA DE ROCK!

Sí ¡NOS TIRAMOS DE PARACAÍDAS!

Andrés emocionado, Andrés Grande confundido y Andrés Mayor entusiasmado al compartir todo lo que habían logrado.

Andrés Mayor terminó su última frase diciéndole al Andrés Grande que su vida tenía que cambiar:

— Si te fijas en los días de tu vida, pasas los días triste, sin nadie con quien estar. El dinero no te dará felicidad. Son las acciones positivas en tu vida las que lo harán.

Andrés Grande

    conmovido por las

        palabras, se dio cuenta de su error.

Llevaba una vida vacía, pero llena de dolor.

Su vacío lo reflejaba

    en cosas materiales, a la hora

    de la verdad no tenía ni amistades.

—¡La felicidad está dentro de ti! Y la puedes ver dentro de Andrés y dentro de mí —exclamó Andrés Mayor.

Andrés Mayor se sentó en la banca en medio de los dos, sacó algo de su bolsillo y les enseñó la última gran hazaña que habían logrado.

Persona del Año

Andrés

Un holograma se formó en el patio mostrando el cambio que habían hecho en el mundo, al utilizar el dinero que tenían de más, para construir comunidades a los más necesitados.

Creando comunidades
para los más necesitados.

Desde ese día Andrés empezó a reconocer que

¡TODAS LAS RESPUESTAS ESTABAN DENTRO DE ÉL!

Con un toque de imaginación, Andrés
aprendió una gran lección:

No es QUÉ queremos ser de grandes,

sino CÓMO queremos ser de grandes.

La felicidad se encuentra en aquello dentro

de nosotros que nos haga sentir y vivir;

en aquellas cosas que nos llenen

de energía y de alegría y, principalmente,

en aquello que nos empuje a hacer del mundo

un lugar mejor.

¿Y... TÚ?

¿CÓMO QUIERES SER CUANDO
SEAS GRANDE?

TEMI DÍAZ

Es un escritor y productor panameño de 25 años. Desde pequeño la escritura ha sido parte de su vida y a los 22 años formalizó sus escritos produciendo comerciales y cortos audiovisuales. Recientemente ha creado Inner Truth Books para fortalecer la inteligencia emocional de los niños, a través de historias que enseñen empoderamiento, empatía, autoconfianza, valores y más.

Para más información, guías, promociones y próximos libros visita www.innertruthbooks.com

Made in the USA
Monee, IL
01 December 2020